OJOS DE AMOR
1era ANTOLOGÍA DE
ARTE POÉTICA LATINOAMERICANA

ISBN: **798390706442**

OJOS DE AMOR
1era ANTOLOGÍA DE
ARTE POÉTICA LATINOAMERICANA

GESTA CULTURAL VITRATA
lamarucagestaculturalvitrata@gmail.com
1-787-923-6789
Editora: Mary Ely Marrero-Pérez
Correctoras: Mary Ely Marrero-Pérez y María Inés Iacometti
maryelymp@gmail.com
maria.ines.iacometti@gmail.com

ARTE POÉTICA LATINOAMERICANA
artepoeticalatinoamericana@gmail.com

Síguenos en Facebook:
Arte Poética Latinoamericana
ATV Visión Punto Siete
APL Radio Internacional

Arte de la portada:
Arquímedes Barajas
https://www.artelista.com/autor/1942/list.html

Primera edición
2023
Puerto Rico

OJOS DE AMOR
1era ANTOLOGÍA DE
ARTE POÉTICA LATINOAMERICANA

"Un amor como abrir los ojos.
Y quizás también como cerrarlos".

-Roberto Juarroz
Argentina (1925-1995)
Poema: "Un amor más allá del amor"

"...sentir de unos ojos la bonanza
serena y amorosa,
de una tierna mirada".

- Guillermo Venegas Lloveras
Puerto Rico (1915-1993)
Poema: "Aspiraciones"

**Convocar con OJOS DE AMOR:
que nos mire el alma amorosa y vehemente**
Mary Ely Marrero-Pérez
Puerto Rico

OJOS DE AMOR: 1era ANTOLOGÍA DE ARTE POÉTICA LATINOAMERICANA, es el resultado de la colaboración de dieciséis poetas de diez países comprometidos con las letras como oficio y con el amor como trenza que nos une. ARTE POÉTICA LATINOAMERICANA nació en el año 2020 por la iniciativa del poeta colombiano Adalín Aldana Misath y María Inés Iacometti, poeta argentina. Este colectivo funge como herramienta de paz y difusión educativa, artística y cultural. La antología OJOS DE AMOR, como libro, promete permanencia histórica, por lo que ARTE POÉTICA LATINOAMERICANA aportará al caudal de literatura socializada, gestión que nos ha caracterizado desde el principio.

En esta antología literaria, nos ocupa el amor como numen poético e hilo conductor. Convocamos a los participantes a auscultar el amor entre sus creaciones literarias o a manifestarse sobre el tema con miradas nuevas. Como la plurisignificación que persigue este sentimiento es tan amplia, se manifiesta paralelamente con el desamor, el erotismo y el auto concepto, por ejemplo, lo cual hace de esta colección de poemas un *collage* de perspectivas. "Esta antología es una evidencia representativa del acto creador de ARTE POÉTICA LATINOAMERICANA, que nos permite abordar el tema del amor desde la diversidad de voces de nuestro creativos y nos da la posibilidad de adentrarnos en lo profundo de cada poeta", establece Adalín Aldana Misath, director general.

Junto a la representación de cada poeta, brindamos una muestra de expositores del género congraciados en las respectivas patrias de los convocados. Por lo tanto, en función de la labor educativa del colectivo, esta antología también es una invitación al estudio de otros poetas reconocidos por la academia como modelos de diversas épocas literarias. El pintor colombiano Arquímedes Barajas también perfila en esta propuesta artística. Su pintura *Ternura* engalana la portada de la antología. Mirarnos en los ojos de su personaje, ver que nos observa con los ojos tan abiertos, nos invita al ímpetu como una exposición en la que se hace transparente el amor (todas sus posibilidades) como en la poesía escrita de cada participante.

María Inés Iacometti, coordinadora general de ARTE POÉTICA LATINOAMERICANA, reflexiona lo siguiente: "Pretender interrumpir el blanco con manchas de tintas que conformen poemas es un desafío que los integrantes del colectivo aceptan y ejercen con profunda convicción. En esta antología, un puñado de ellos dice, insiste, convoca, recurre, celebra y proclama el amor en sus diversas manifestaciones. Abracemos las palabras, en todo momento, en todo lugar. Son nuestro mejor instrumento de paz". Si bien el amor no es un abstracto unisignificativo, es un tema de interés universal que ha ocupado a pensadores de disciplinas diversas como la filosofía, el psicoanálisis, la religión, la sociología y, por supuesto, las bellas artes. Todas las corrientes de estudio que han analizado este tema parten de los individuos como entes y de sus relaciones con los otros, con sus cuerpos y con sus construcciones sociales. Es por ello que, al estudiar el arte a través de la historia, nos percatamos del péndulo entre lo estático de sus consideraciones y la evolución de sus concepciones.

Con OJOS DE AMOR, invitamos a los poetas a verse desde ese abstracto, que es espejo, querencia o nostalgia. Seducimos a la poesía para que nos mire el alma amorosa y vehemente, y nos la apalabre en forma de poemas. Convidamos a los lectores a observar qué puntualiza cada creador y cómo se reflejan sus propias ánimas en las palabras de otros.

"No es de ahora este amor.
No es en nosotros
donde empieza a sentirse enamorado
este amor por amor, que nada espera.
Este vago misterio que nos vuelve
habitantes de niebla entre los otros".
-Meira Delmar
Colombia (1922-2009)
Poema: Raíz antigua

En la bruma del tiempo

Adalín Aldana Misath
Colombia

En la misma estancia te espero.

Palpito tu regreso;
mis brazos extendidos
aguardan por ti.

Un camino expedito y perfumado,
sin brújula,
conduce a mi corazón.

Mi alma y mi cuerpo te esperan,
bajo el mismo espejo celeste
del balcón de mi poesía.

En las noches de ansiedad
mi mano en tu mano
entrelazada, te extraña;
inmaculada y pura
oteando tu regreso.

Quiero verte sonriendo y llorando,
encubriendo en tus cobijas la pasión,
mi pasión;
y el brillo de tus ojos en el acto sublime.

Crepúsculo

Adalín Aldana Misath
Colombia

Del alba al ocaso desapareces.

Entre bruma y viento,
claveles y rosas al mundo van soñando.

Lugares agrietados husmean tu esencia.

Los escombros esperan regazo.

En mis ávidos ojos te veo,
te siento en mi deseo,
impenetrada... incesante.

En el tierno camastro te siento
cantando en mi piel
y tu cuerpo tañido por mí.

Clamor y danza.

Junto a tu luz y mi sombra,
instantes de plata
y de luz en mis sienes.

crepúsculo lento
donde sucumbe el canto,
a solas se agiganta.

Negro silencio,
encubre la dicha.

Estrellas negras

Adalín Aldana Misath
Colombia

En la honda noche
de cálidos murmullos
estrellas negras atisban pasiones.

Las venas de fuego se desbordan,
empujan mis besos
a orilla de los tuyos,
incendian el tálamo
confidente y frío.

Carcajadas en el eco duermen.

Bajo la fronda selva de la noche almíbar,
mis cocuyos avizoran tu desnudo relieve
agitado y sediento

Los profundos gemidos
y la miel de tus pétalos,
se desbordan en mi boca...

Diluyen mi esencia.

"Eco o palabra, esa voz que responde
cuando me preguntan algo,
el dueño de mi embrollo,
el pesimista y el melancólico
y el inmotivadamente alegre,
ese otro, también te ama".
-Darío Jaramillo Agudelo
Colombia (1945-   )
Poema: "Ese otro también me habita"

Entrega
Álvaro Herazo Pereira
Colombia

Sube el grito de la sangre, se hace nudo,
se hace una hoguera en mi garganta.
Quiero decir tu nombre y agonizo;
intento una palabra,
abrir la puerta con una palabra,
se detiene un instante el engranaje;
este momento: entrega, abatimiento y estallido.
Los dos atados a una misma cuerda.
La cuerda se revienta... y el vacío.
Presentíamos la muerte, y esto era
llegar al paraíso sin saberlo,
saber sin entender la muerte misma,
dejándonos llevar de una corriente.
Un caudal entre danzas de guaduales;
un astro que halla el límite en el fuego
se pulveriza y luego se compacta.
Esto era amor por vez primera.
No nos detuvo el miedo.
No obedecimos, y nos entregamos.
Aparecimos en el mismo cielo
inundados los dos, balsa en las nubes.

Bienvenido
Álvaro Herazo Pereira
Colombia

Puede venir a mi casa el Amor.
Desmonté barricadas,
he abierto un portillo en mi patio,
mi fortaleza eché a la ruina.
No puedo ser un adversario suyo.
El estandarte de altivez plegué,
mi defensa quedó sin barbacana,
por el suelo, mis armas.
Mi voluntad no tiene argumentos.
Me declaro débil, vulnerable.
No existe en mí deseo de vencer
sino de ser vencido.
No tengo una palabra para contradecirle.
Soy un brazo exangüe;
la fuerza de mi puño depuse.
Ahora, no seré sino en él.
El amor puede pasar a mi sala,
tomar mi lugar en el sofá,
ordenar a su gusto mi cocina,
mis camisas, mis pensamientos,
mis ideas, mis salidas, mis llegadas.
Estoy dispuesto como leña al fuego;
venga el incendio que antes resistí,
hágase de mí la hoguera y, en mis cenizas,
quede pintada su huella de monarca.
Ahora, puede venir a mi casa el Amor.

Un eco, una sombra

Álvaro Herazo Pereira
Colombia

Aún esa voz que se abre paso entre ramajes,
voz menuda que irrumpe de la nada,
una carga de tiempo y de misterio,
un espectro -mi amada- temerario,
me habla, me eleva, me hunde, me despoja,
sabe mi nombre acumulado en ella
como tierra apilada en pedregales,
enclavada en mi pecho, honda marca,
voz de la ausencia que en mi recuerdo pena,
eco devuelto, ascendiendo las aguas de las horas.
Persiste la memoria en darte vuelo
más allá de la muerte y su dictamen,
más allá con eterna obstinación.
La voz de la mujer que amé vuelta a mis noches,
a mis silencios turbios, a mi agonía.
No quiero que me dejes; no te vayas,
no te deshagas amor, resiste al viento.
¿Cómo vas a morirte nuevamente?
En mis recuerdos, no... hasta la locura.
Háblame amor, tormento que me anima.

"Amor callado y lejos...
tímida vocecita de una dalia,
así te quiero, íntimo,
sin saberte las puertas al mañana,
casi sonrisa abierta entre las risas,
entre juego de luces, casi alba..."
-Julia de Burgos
Puerto Rico (1914-1953)
Poema: Casi alba

Enamorado
Aurelio Vidal
Puerto Rico

Camina conmigo, mi amor,
bajo la sombra de la Luna.

Tomémonos de la mano, mi vida,
observemos el reflejo lumínico en el mar.

Te llamaré por tu oculto nombre.
Tú, como flor primaveral, te abrirás
enloquecida por la resonancia que crearé

al nombrar lo innombrable a escondidas...

Cantares del placer

Aurelio Vidal
Puerto Rico

Diez pasos
al encuentro inadvertido de dos cuerpos
que se atraen desde lo intangible al embarazo.

uno: veo mi amor atraído a su amor,
un vaho alucinante
                        dos: una investidura de romances,
                                        cabellos y destinos
tres: un contagio de sílabas venéreas
diciendo "amor"
                        cuatro: el gato atrevido
                    que no deja de mirar atento
cuatro y medio: algún fantasma
recordando su lujuria
cinco: dos carnes que chocan
como átomos palpitantes
                        seis: la explosión de dos cuerpos
                                    sedientos de cielo
siete: una esmeralda dorada
en su vientre anochecido
                            siete y medio: el espíritu
                        que se posa sobre la roca
ocho: otro beso minúsculo y perfecto
diciendo cariños
                            nueve: el abrazo asexual
                    rozando los sexos enfurecidos
diez: ves tu amor en mi amor,
una esperanza de vida

Como un regalo me dejas ver
tu cuerpo tendido en curvas y delirios,
la suerte del gato y el fantasma.

Conjugación al ser
Aurelio Vidal
Puerto Rico

Sabré del amor de una estrella
                    hace miles de años extinta,
Ondulando en mis latitudes
                    amanecidas, lejana y celestina,
Y de su voz de silencios navegantes,
                    brillando por esperar,

Unámonos vertiendo nebulosas de vida
                    y luces pasajeras,
Nombremos uno de los artificios
                    contemplando las fantasías,
Alevosa la bella lumbre,
                    la unidad progenitora de tiempos,

Sublime velocidad,
                    estandarte vertiginoso en las tinieblas,
Otra vez atravesando
                    como la cola gaseosa de un cometa,
Mañana abriré los ojos
                    y estarás calcinada en mis pupilas,
Buscándote soñadora,
                    trono de azares es la similitud lunar,
Reconociendo mis mundos sombríos,
                    y ocultos en versos,
Amarte por ese reflejo y pasado,
                    el que te nombra y olvida.

"Como tú, mido los pasos
y la distancia es más corta,
hablo en tu idioma de amor
y me comprenden las rosas…"
-Pedro Mir
República Dominicana (1913-2000)
Poema: Pour toi

Ve conforme

Belkis M. Marte
República Dominicana

Te fuiste serena cual pájaro libre,
dejando en mis ojos cristales mojados.
Tu cara de ausencia, tu risa sin ruido,
dieron a mi alma un brillo apagado.

No sé si correr detrás de tus restos
o guardar profundo el amor que dejas
marcado en mi alma,
trenzada en mis letras, tu ausencia.

Un ser que se marcha, quedándose,
dejando en la casa su aroma;
su rostro en la puerta que abre temprano,
su beso en mi rostro,
en mi pelo sus huellas,
la enseñanza en mi alma,
rasgos en sus nietos.

Ve conforme al cielo.
Muy pronto te alcanzo.

Secretos huérfanos

Belkis M. Marte
República Dominicana

Imposible vivir con cerraduras
si nos consta que la muerte nos acecha.
Vivir, vivir el susto de
en cualquier momento desvidarse,
dejándolo todo amparado bajo el cielo.

Esparcidos todos los secretos,
fuera de la noche que los cubre.
Huérfanos, con nadie que los cuide.
Resbalando, resbalando.
Huyéndole a la plebe,
con miedo de algún músculo asesino,
que sin un hueso los triture,
volviéndolos esclavos de la gente.

Con los ojos cerrados
Belkis M. Marte
República Dominicana

Estoy parada frente al espejo,
observo las curvas que tocaste un día,
están intactas.
Las miro.
Cierro mis ojos.
Palomas blancas revolotean por mis caderas.
Un viento tibio ondea por mi cintura,
por mis senderos más ocultos,
recorriendo mis montañas
con sed de desierto.

Plumas suaves pintan palmo a palmo mis colinas
derramando un río de miel.
Como lava corre por mi interior,
a prisa, con pasión ardiente.

Abro los ojos.
La mentira descansa junto a mí.

Sonrío... Sigo soñando.

"Y cuando la montaña de la vida
nos sea dura y larga y alta y llena de abismos,
amar la inmensidad que es de amor encendida
¡y arder en la fusión
de nuestros pechos mismos!"
-Rubén Darío (1867-1916)
Nicaragua
Poema: Amo, amas

Eres

Eunice Lacayo
Nicaragua

Eres parte de mi historia.
Eres sol, luna, estrellas, mares, lluvia...

Eres sol resplandeciente cada mañana.
Luna que acompaña mis noches.
Estrellas que brillan en el firmamento.

Eres arena que se desliza en mis manos.
Eres el canto de los pájaros que posan
en la ventana de mi cuarto.

Eres invierno y verano. Otoño y primavera,
eres la esencia viva de esta mujer.

Resistencia y amor

Eunice Lacayo
Nicaragua

En el meneo rítmico
y perenne de los cuerpos,
como mujer de impronta ancestral
vistes tu cuerpo con historia
prehispánica.
Tus ojos indígenas
desbordan las mariposas.
Con orgullo y resistencia
tu boca habla las diversas
lenguas aborígenes.
Hueles a perdón
y diálogos escapados.
Conservas tu piel dorada
amasijo de maíz.
Tus pechos caen sobre el vientre
mostrando múltiples partos
de firmeza y amor profesado
a nuestra madre tierra.

Aventura
Eunice Lacayo
Nicaragua

No soy fuerte, ni poderosa.
No traspaso paredes.
No soy "la muñeca", que decían.
Soy palmera
Soy árbol aromático
árbol invisible.
Soy una mata de imperfección.
Soy mujer que siente,
que sueña con embriagados
y sublimes momentos de pasión.
Los años vividos no han robado
mi memoria.
Las marcas en mis almendrados ojos
muestran las arrugas de la piel,
la historia consumada
entre sábanas celestes
y olor a papaya verde.

"Y es que en tu corazón, antes dormido
el ave del amor ha hecho su nido
y entona su dulcísimo cantar".
-José Antonio Domínguez
Honduras (1869-1903)
Poema: Me gusta

Un poco más
Gabriel Fiallos
Honduras

Mírame. Piénsame.
Quiéreme un poco más.
No tengas miedo de entregar tu corazón.
Yo te necesito.
Te quiero a mi lado.
Nunca dudes de mi amor.
Ni juzgues mi forma de ser.
Para que no te arrepientas.
Mi personalidad puede poner
tu mundo de cabeza.
Puedes sentir que te paras en arena movediza.
Pero soy yo. Quien te pide a gritos
que me salves.
Que me abraces.
Que me tomes de la mano.
Porque necesito de ti.
Quiéreme
un poco más.

Cuando soy poema
Gabriel Fiallos
Honduras

Cuerpo y alma se conjugan.
Universos se manifiestan.
Aparecen y cantan las cigarras.
Nadie escapa de ese misterio.
Dioses omnipresentes entre versos
observan la puesta de sol.

Soy creación, evolución, encarnación
oruga, óleo, ombligo, oro fundido.
Yo no lo sé.

Piel de arena quiero tener.
Olas que golpeen mi amanecer.
Emanciparme de la realidad.
Mañana responderán mis arrugas.
Ahora. Solo soy tinta recorriendo el papel.

Púrpura
Gabriel Fiallos
Honduras

Es el color del alma.
Las ganas de vivir.
Los días de febrero.
El rincón del miedo.
El baúl de recuerdos.
Los te quiero sin palabras.
El silencio.
El olor a piel primaveral.
Sabor a triunfo.
Un encuentro casual.
Los pies en la arena tocando el mar.
La insolencia, la caricia, la conquista.
El cielo en la mirada
que contempla el atardecer.
El beso que se desliza en la espalda.
El poema a medio terminar…
es púrpura.

"Usamos el derecho a la alegría,
a encontrar el amor
en la tierra lejana
y sentirnos dichosos
por haber hallado compañero
y compartir el pan, el dolor y la cama".
-Gioconda Belli
Nicaragua (1948-   )
Poema: Claro que no somos una pompa fúnebre

Nunca jamás resucité
Ileana García
Nicaragua

Encontré el refugio del sol,
lo vi dormido
dentro de una concha de mar
luego, la nostalgia me sonrió
del otro lado del horizonte.

Entonces me tiré al océano
y mi corazón decidió ahogarse
con tu nombre
cerca de la isla San Andrés.
Nunca jamás resucité.

Lluvia y sequía

Ileana García
Nicaragua

La lluvia y la sequía
necesitadas la una de la otra.
La lluvia zambullida en los océanos,
su cuello de jirafa y su vuelo de águila
hace nido en los riscos del cielo,
en cambio, la sequía habita
en las dunas del desierto
esperando que una brisa
moje sus áridos labios
y los nopales florezcan de placer.

Así vive mi amor por ti
se acomoda al vaivén,
si es otoño o primavera
a tu minuto de humildad
que lo celebro todo el año
y tu elegante arrogancia
la eterna desafiante,
tikún que a mi ego evapora.
Mi amistad te quiere
y va por encima de mil amores.

Estación de invierno
Ileana García
Nicaragua

Vi el invierno
estacionarse arriba del sol
con su rostro de cinco caras
engalanado de agua.

El tiempo y la distancia
no quiebran su sacrosanta esencia,
ante sus ojos de lluvia
sucumben los misterios.

¿Quién puede
resistir la tormenta
de sus besos,
un vendaval de amor
y un diluvio de sus abrazos?
Pero su sonrisa de eterna brisa
fue quien enfrío al sol.

Se apagaron los días,
la noche huyó
con la oscuridad
y el infierno quedó desnudo
en su propia luz.

"Quiero contarte, dueña del alma,
las tristes horas de mi dolor;
quiero decirte que no hallo calma,
que de tu afecto quiero la palma
que ansiando vivo solo tu amor".
-Salomé Ureña
República Dominicana (1850-1897)
Poema: Amor y anhelo

A cielo abierto

José Reyes
República Dominicana

Ayer mientras caminaba en la arena
me encontré un lápiz de carbón,
lo tomé en mis manos húmedas
lo valoré al mismo precio del oro,
me senté junto a un cocotero
y le arranqué de cuajo tres versos.

Pensando en ti, solo en ti,
en el candor de tus besos,
en la utopía de dos corazones
latiendo por un mismo pulso.

Cuando nadie nos vea
te apretaré en mi pecho.
Soplaré al viento tu candor,
al mar nuestra soledad,
al cosmos, tu hermosura sin par,
a la luna tu sonrisa,
a mis pupilas, la esencia de las tuyas,
a la humanidad, el influjo de nuestro idilio.

Luna de abril
José Reyes
República Dominicana

Nos encontramos otra vez
desde aquel febrero inolvidable,
en el cual acordamos
que dejaríamos envejecer el tiempo,
para que nuestros instintos nos señalaran
el camino de la ascesis de nuestro sueño.

Un viento suave te empujó hacia mi pecho
la llama del deseo era la misma,
como si el tiempo nunca se hubiera detenido
nos abrazamos en la fragua de nuestros cuerpos.

Permanecimos por largo tiempo
como prisioneros del amor,
allí logramos soñar de pie,
buscando una señal de nuestro idilio
en el cerco de la luna de abril.

Así abrazados, henchidos de caricias,
llegamos hasta aquel punto secreto
donde todo se puede.
Allí dejamos como fiel testigo
la humedad de nuestros cuerpos,
más allá de cualquier distancia imaginada.

Río de cristal
José Reyes
República Dominicana

Anoche mientras dormía
me asomé a tu cuerpo
por la única ventana
que permanecía abierta en mi memoria.
Seguí la danza de tus pies descalzos
hasta que el rio acarició tu piel desnuda,
la transparencia del agua
me invitó a pasar más allá de lo imaginado.

El suave silbido del trinar de tus besos
rompió en pedazos la madrugada.
La tenue luz que se filtraba por tus pupilas
iluminó mi alma.
Tus caricias parapetadas en mi pecho
inundaron el cosmos.

Te he sentido caminar
por las estrechas veredas de mi piel,
tocando a cada instante
el prolongado sentido de tu ausencia.
El vaivén de tus caderas
provoca al viento,
tú fina cabellera produce olas
en el aire delgado de mi nostalgia.

Tú silueta reflejada en el agua
disipa la penumbra de mi soledad.
Aunque al despertar me enteré
que tan solo fue un sueño y nada más.

"La Poesía -su vuelo, sus raíces-
el universo del Amor que crea.
...mi desvestido corazón amándolos".
-Ileana Espinel Cedeño
Ecuador (1931-2001)
Poema: Un balance de cosas adorables

El Tiempo
Josefina Martínez Godoy
Ecuador

Lloran mis sueños
cuando el atardecer
se acerca veloz
ya las luciérnagas
emiten sus luces.

Y el luto nocturno
envuelve estas ansias
de poder cumplirlos,
suspiros rotos se escapan,
asaltan mi espacio.

Y la nostalgia divaga,
deambula incesante,
se alejan mis sueños
cargados de ilusiones,
tejidos con sublime amor,

Pero el tiempo no da tregua;
enfurecido sepultó mis sueños,
abrió sus enormes fauces
y famélico se los llevó.

Huida

Josefina Martínez Godoy
Ecuador

Huyó de ese cuerpo
un día de lluvia
el agua corría,
mojaba sus costados.

Y cual alma en pena
entre las montañas
se vistió de nieve
sin quejas, sin llanto,
agotó sus fuerzas.

Y en plena primavera
su disfraz se extinguió,
atrapada en un túnel
sin fin y sin luz,
mezcla de odio y amor.

Viaja intentando
encontrar un sendero
de virtudes colmado,
ahogado de encantos,
lleno de armonía y de pasión.

Al vino
Josefina Martínez Godoy
Ecuador

Vino que te derramaste
sobre el vientre de la amante,
¿fue acaso una febril mano,
la que sostuvo aquella copa,

que ávida buscó tu ruta
o solo fue la supuesta ilusión
de alguien que quiso alcanzar
territorios de pasión?

Vino, tú que recorriste
ese espacio imaginado,
dime si en ese camino
te esperaban unos labios
sedientos de tu licor.

O fue solo una ilusión
de un amante trasnochado
que imaginó en su desvelo,
beber vino en esa copa
que exhala vida y amor.

"El espíritu solo
al conmoverse canta:
cuando el amor lo agita poderoso
tiembla, medita, se recoge y calla".
-José Asunción Silva
Colombia (1865-1896)
Poema: Al oído del lector

El pañuelo

Luis Eduardo Larios Payares
Colombia

Cuando escribí mi primera carta de amor
en las hojas que la tarde me brindaba
me acordé del pañuelo
que quedó tendido en el patio de tu casa
allí estaban mis lágrimas cristalizadas
por el mal tiempo.
Cuando escribí tu nombre en las sombras
que un campano me brindaba
me acordé del pañuelo
que olvidé en las costuras de tu falda.
Allí estaban tus iniciales marcadas
con el aliento de tu boca.
El pañuelo blandía su dolor
el tendedero tocaba mi ser
y golpeaba mi corazón
pero mis lágrimas se aferraban
a las iniciales de tu nombre
serpenteando en las gotas de sudor
que tu rostro dejó en el pañuelo
colgado en el patio de tu casa.

Déjame

Luis Eduardo Larios Payares
Colombia

Cándida paloma enamorada
del nido virginal, corona de tu honor
tú, que solo en canción te entregas,
como canción en dulce melodía
eres la esperanza, el anhelo de quien canta
y espera beber de la fuente del amor.
Mujer, sí, mujer que escribes
historias con tus pasos
canciones con tu sonrisa, poesías con la mirada
déjame llegar a ti, como el pájaro a su nido
déjame llegar a ti, para colorear tu sonrisa
para entender la mirada
para recoger el aroma que emana tu cuerpo
y guardarlo por siempre en mi ser.
Déjame mirar en tus ojos el azul del firmamento.
Déjame llegar a ti a pedirte un sí.
Déjame besar los pétalos de tu alma
sin afanes, lenta y pausadamente hasta el fin.

Olor

Luis Eduardo Larios Payares
Colombia

Estoy buscando tu olor
en las telarañas de mi cuarto
el afán estrangula mi aliento
y lo deposita en un remolino de angustias
que calcinan el verano.
El ayer pasó sin mirar
cuando tú estabas bajo las sombras.
Cuando llegué, no estabas.
¿Recuerdas?
Mi mano buscó la tuya,
Pero... oh -excusas-, no hay respuestas.
El olor a rosas de la tarde se fue sin decir nada.
La puerta la vio salir sin mirar atrás.
El trino de los pájaros se escucha lejano.
Van en busca de tu andar.
Regresan tus pasos sin ti,
y se escuchan en la alcoba de al lado.
Yo estoy en el letargo de la tarde
esperando tu aroma
para depositarlo en mi almohada.

"...y porque somos llenos de congoja
mi amor por ti ha nacido con tu pecho,
es que te amo en principio por tu boca".
-Eunice Odio
Costa Rica (1922-1974)
Poema: Posesión en el sueño

Quédate
Margreth Jiménez Marín
Costa Rica

¡No!
no se vaya.

Le enseñó
a ser poseída en la cama,
a escuchar cosas que al principio
eran extrañas.

A saborear la vida
en la silla,
como en la mesa,
tal como la alcoba.

Delineando su cuerpo
mientras sus faros están apagados,
prendiéndolos poco a poco
en su recorrido.

¡No se vaya!

Es el culpable
de que cada día quiera más
y que sienta,
más ganas.

Eclipsada

Margreth Jiménez Marín
Costa Rica

Llévame donde quieras,
porque mientras esté a tu lado
todo me parecerá contigo
una escena perfecta.

En la noche,
ver la luna
jugando con las estrellas,
contándolas todas juntas.

Fundirnos en un abrazo
y un beso,
diciendo cuánto nos amamos,
porque nacimos para estar juntos
en el universo.

Levantarme de alegría,
por tenerme en tus brazos
y de esta manera,
ser feliz algún día.

Eclipsarnos por un rato
cuando el sol y la luna
estén juntos,
y cuando traten de separarnos
ser unos rebeldes,
seguir unidos,
hasta la muerte.

Déjate amar

Margreth Jiménez Marín
Costa Rica

Estoy sedienta de ti... Desgarra mi vestir.
No me importa que sepan que voy a morir.
No aguanto este fuego que me quema,
hazme el amor por fin.
Aunque digan lo que quieran,
mi cuerpo está encendido;
quiero disfrutar esta vida
y no quedarme en el olvido.

Átame a tu pecho
que deseo sentir el calor de tu cuerpo;
no me queda mucho tiempo,
para que la muerte me lleve a su entierro.
Quiero gritarle al mundo que te quiero,
solo déjame amarte no en el silencio,
ni a puerta cerrada,
sino en todos los muebles y sitios que estemos.

Aprovechar que la sangre caliente
corre en mi cuerpo,
así encendidos los dos, hacernos un juramento.
Que no nos separaremos jamás
y el sexo será nuestro encuentro diario,
como el alimento, porque no aguanto más.

De hambre y sed estoy muriendo
por besar tu cuerpo y un poco más...
por meter en mi boca tu aliento,
y la leche, derramar.

Solo... déjate amar.

"Mi amor se amplía.
Es un paracaídas perfecto.
Es un clic que se exhala y
su pecho se hace inmenso".
-Alejandra Pizarnik
Argentina (1936-1972)
Poema: Solo un amor

En su amor eterno
María Inés Iacometti
Argentina

Cuando no era más que un proyecto
del que todo lo Es
¿habré tenido esta apariencia?

En su amor eterno
¿habré conjugado los verbos
como lo hago hoy
por decir lo que digo
sin pretender que los otros entiendan?

¿Cuál habrá sido el destino
que trazó bajo mis pies?
¿O se trazaron conmigo
el destino
y los pies?

¿Seré parecida, al menos,
a la creación que ideó
o seré simplemente
lo que queda de ella?

Sin excusas
María Inés Iacometti
Argentina

Hoy descubro tu aroma
en la piel de un deseo
y no encuentro la excusa
que me impida tocarte.

Se me tiemblan los verbos.
Entre yemas de asombro
me florecen las ganas.

Se me encarna tu miel.

De ternura me pueblo
y es tal tu impertinencia
que me nazco de nuevo
al compás de tu aliento.

Se me impregna tu miel.

Me percibo, te sé
y no existen excusas...

Nos volvemos a hacer.

De paso

María Inés Iacometti
Argentina

> "Alejarse ahora de todo esto confuso,
> que es nuestro, pero no nos pertenece..."
> Rainer María Rilke

Este desorden
es solo una instancia de paso.
No pretendo habitarlo
ni invitarlo a quedarse.

Pongo puntos
en las letras que los llevan
y debajo de mi nombre.
No hacen falta más.

Me repaso las ausencias
mas si quieren golpear
con esmero las doblo,
guardo cada una en su celda
y de ser imprescindible

me dejo llorar.

"Eres lo que se ama.
No eres conocimiento sino solo estupor.
No eres el perfil sino el asombro.
No eres la piedra sino lo inaudito.
No eres la razón sino el amor".
-Ida Gramcko
Venezuela (1924-1994)
Poema: Plegaria

Encuentro

Mariela Lugo
Venezuela

Si te encuentro en el camino,
te dibujaré los destellos
de la luna, del cofre de la noche de sonrisas.
He de decirte que no existe claridad
en el tiempo sin ti...
Que las horas se han desteñido y son análogas
de hojas yertas que otrora acompañaron
al frondoso árbol de la convivencia.
Te diré que el otoño agotó sus caudales
en la noche oscura llena de sordinas.
Que la brisa saltó la hoguera y apagó el fuego
rojo como el carmín de mis labios
la tarde de la unión tranquila.
He de decirte al oído que la luna cóncava
se desplomó al tocar la piel tenue
de ausencias y quebrantos.
He de contarte las angustias vividas
sin tus pasos viajeros.

Quiebre

Mariela Lugo
Venezuela

Se quebró mi voz
en la casa vacía,
eran témpanos de hielo
mis palabras de frío agudo;
en abrazos con las ausencias.
¡No estabas!
Te habías extinguido
en la maraña de la lujuria;
tus pasos eran
distancias y alejamientos.
En la mesa de patas largas
el café humeaba en los soles tristes
acunados en aire denso y quebradizo.
Suspenso y desasosiego
corretearon sus sinergias
al arrastrar mi alma sollozante.

Silencios

Mariela Lugo
Venezuela

La sombra arropa la mudez
del encuentro en el silencio,
de los augurios y bambalinas.
Tus manos atrapan mis sentidos,
siento la lontananza lejana.
Silencio que quiero eternizar
con tus arrugas de tiempo vivido,
andaremos juntos por vergeles coloridos,
será tu mano la que hable
en el mutismo de nuestras miradas.
Si muero temprano lo haré
en tus brazos silenciosos,
con ello atraparé
las nubes prometidas
y viviremos eternidad de silencios

"A solas con mi piel y con mis valles,
con mis ojos adentro, con mis cuencas,
con mis playas ardientes,
recorrida en bandadas de murmullos,
desnombrada.
Solo está el mar latente,
palpitándome amor de ola y arrullos..."
-Ángela María Dávila
Puerto Rico (1944-2003)
Poema: Poema

Suspendidos

Mary Ely Marrero-Pérez
Puerto Rico

Me sumerjo en la noche
que pintas a besos.
La boca en punto
me queda pintada de estrellas.
Saboreo tus fugaces intentos
de aullidos a deshora.
La penumbra se perfuma
de te amos acompasados.
La luna acaricia la tristeza añejada
y la sirve.
Las copas se repletan
de llanto, sudor, saliva y...
se colman con nuestros cuerpos
de rocío movedizo.
El sereno nos suspira al oído
que la noche es breve.
La noche nos jadea
que para la oscuridad
bastan los párpados.
Cerramos...
Abrimos...
La noche es solo inicio,
sin límite.

Arrienda

Mary Ely Marrero-Pérez
Puerto Rico

Devora mis senos
como si la leche ausente fuese sangre,
y la matriz vacía,
carroña de desiertos amilanados.
Me surca el firmamento
que moja el horizonte entre los dos.
Se me enredan en cabellos
las alas de una metáfora
que mi pasión deconstruye
con lenguas entrelazadas.
Es protagonista en verbo
de mis cuentos eróticos.
Es antagonista en lira
de mis novelas psicológicas.
Besa los recuerdos románticos
de una boca imperiosa
y los convierte en prospecciones
de cuerpo sexuado.
Soy la amante de un ave
que me arrienda desnuda.

Estatua de azúcar

Mary Ely Marrero-Pérez
Puerto Rico

Tengo en la boca tu beso hecho recuerdo.
En las piernas, tu caricia hecha camino.
En los senos, tu aroma hecho calor.
Cierro los ojos,
y tu memoria guía mis manos
al mismo sendero que las tuyas hallaron,
hacia adentro, hacia el llanto apasionado.
El ardor se intensifica en mi pecho,
y se encaramela el sudor que nos dejamos.
Me lames ahora, en mi fantástica juerga.
Una mordida me convierte
en estatua de azúcar.

"¿En dónde está el que con su amor me envuelva?
Ha de traer su gran verdad sabida...
Hielo y más hielo recogí en la vida:
Yo necesito un sol que me disuelva".
-Alfonsina Storni
Argentina (1892-1938)
Poema: Un sol

Momentos
Romi Carrizo
Argentina

El cielo sigue atento el andar de un nuevo día,
como queriendo cobijar a cada uno,
en cada esquina.
Sorpresivos momentos vienen, van
como barriletes en el aire no dejan de volar,
efímeros, volátiles, tenaces, eternos.
Aquellos momentos de brillante turquesa,
helada llovizna o noches de estrellas.
Momentos inmortales colmados de risas,
felices encuentros
de abanicos de historias, de gran compañía.
Momentos incansables que pasean
por nuestras vidas.
Vivos recuerdos, fugaces instantes...
Vivencias, imborrables.

Presagio de verano

Romi Carrizo
Argentiba

Fue aquella cálida noche
ante el ansiado inicio de verano,
entre caminos de blancas luces,
sorpresas y preámbulo.
Un sutil murmullo envolvió aquel lugar.
No dejé de mirar.
Tus ojos de agua, cristalinos
como río al amanecer,
como imán
atrayendo delicados, mi ávido ser.
Esa mirada sin tiempo selló el momento.
Una voz dulce y melodiosa coloreó la velada
con un concierto
de palabras y notas acompasadas,
en una noche soñada.
Preludio de esperanzas desempolvadas,
ilusiones, castillos de hadas, emociones, rosas
y luces brillantes como soles en las miradas,
en esa cálida noche soñada.
Aquel dormido, dubitativo corazón
Inició un galope desbocado
al encuentro del amor.

Puente
Romi Carrizo
Argentina

Voy a construir un puente de estructuras de plata
Que nos una, sin mesura,
acortando las distancias;
Que sacuda corazones y limpie las miradas.
Soplaré suavemente esos ojos de agua,
cegándolos por momentos,
sin contemplar el alba.
Sin darles el derecho a disfrutar de calma.
Voy a pintar carreteras con colores de esperanza
Y conducir en armonía
por esos caminos del alma.
Descubrirás en silencio
perfume a rosas y lavanda.
Murmuraré en tus oídos galantes palabras,
Que toquen fibras profundas
y logren despertarlas.
El tiempo corre de prisa por carreteras heladas
que terminan en abismos
si no logramos pasarlas.
Voy a cruzar largos caminos
que lleven a tu morada.
Llevaré pétalos de flores
antes que el viento las esparza.

Amor es desenredar marañas
de caminos en la tiniebla:
¡Amor es ser camino y ser escala!
Amor es este amar lo que nos duele,
lo que nos sangra bien adentro...
-Dulce María Loynaz
Cuba (1902-1997)
Poema: Amor es

Miro a través de la lluvia

Yuray Tolentino Hevia
Cuba

Miro a través de la lluvia
doce años atrás
y regresa el mismo dolor
las mismas preguntas
el vacío de las respuestas
que no diste.
No sé dónde estás
pero te extraño
hermano
y no me acostumbro
no me acostumbro.

Vestida con las horas de mis días
te pongo una flor
en un rincón de la casa
para cuando pases
como el viajero invisible
del tren
al que perro ladra
y yo le sonrío.

Los domingos salgo con mis nostalgias
Yuray Tolentino Hevia
Cuba

Los domingos salgo con mis nostalgias
de paseo por el pueblo
para que mi corazón pueda respirar
cada lunes
al inicio de semana.

Los domingos quisiera parir una vida nueva
arrancar los viejos dolores
y creer que en algún puerto
hay una nave esperando por mí.

Pero mis domingos son tan tristes
que ni los lirios florecidos
me alcanzan con su fragancia.

A la mar

Yuray Tolentino Hevia
Cuba

a la Virgen de Regla, mi Yemayá

A la mar
iremos bajo tu manto
con una copla en las redes
y los sueños a la intemperie.
Mi corazón en tus manos
tiene el brillo
del amor que me espera
y la fe del niño silvestre
que guarda el verano bajo la almohada
para cuando el invierno
lo obliga a cerrar las ventanas.

A la mar
voy porque una estrella patrona
tiene marcado mis peces.
¡Oh Virgencita!
limpia el cielo de tormentas.
Mi vida en tus manos
es la ola que besa la arena
de blanca espuma.

CATÁLOGO DE MIRADAS

GESTA CULTURAL VITRATA

ARTE POÉTICA LATINOAMERICANA

Primera edición
2023
Puerto Rico

Made in the USA
Las Vegas, NV
05 May 2024